今天，我们的宝贝出生了

This is our baby, born today

［美］瓦尔沙·巴贾杰（Varsha Bajaj） 文
［美］伊丽莎·惠勒（Eliza Wheeler） 图
韩颖 译

北京联合出版公司

图书在版编目（CIP）数据

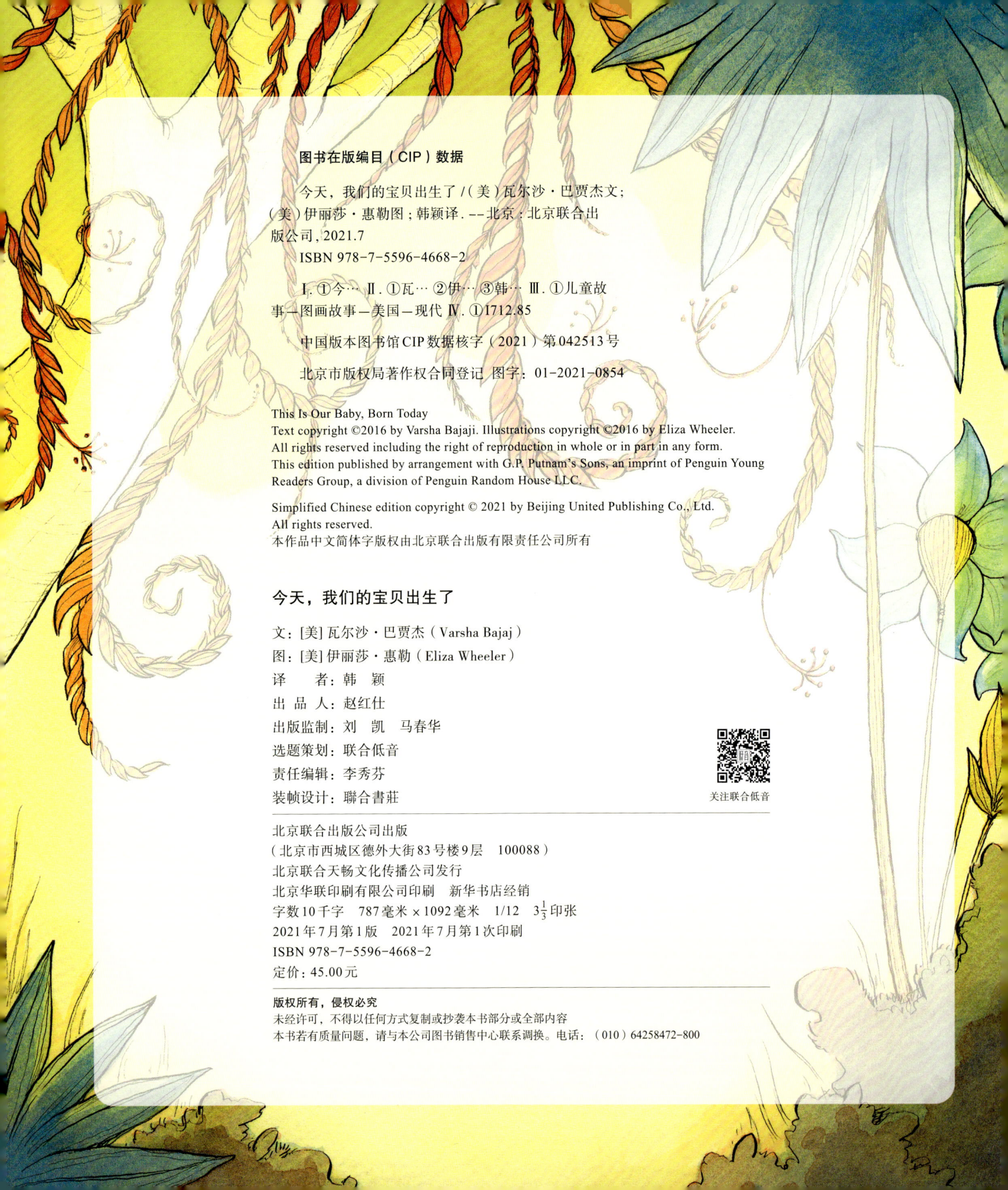

今天，我们的宝贝出生了 /（美）瓦尔沙·巴贾杰文；(美）伊丽莎·惠勒图；韩颖译. -- 北京：北京联合出版公司, 2021.7
 ISBN 978-7-5596-4668-2

Ⅰ.①今… Ⅱ.①瓦… ②伊… ③韩… Ⅲ.①儿童故事—图画故事—美国—现代 Ⅳ.①I712.85

中国版本图书馆CIP数据核字（2021）第042513号

北京市版权局著作权合同登记 图字：01-2021-0854

This Is Our Baby, Born Today
Text copyright ©2016 by Varsha Bajaji. Illustrations copyright ©2016 by Eliza Wheeler.
All rights reserved including the right of reproduction in whole or in part in any form.
This edition published by arrangement with G.P. Putnam's Sons, an imprint of Penguin Young Readers Group, a division of Penguin Random House LLC.

Simplified Chinese edition copyright © 2021 by Beijing United Publishing Co., Ltd.
All rights reserved.
本作品中文简体字版权由北京联合出版有限责任公司所有

今天，我们的宝贝出生了

文：[美]瓦尔沙·巴贾杰（Varsha Bajaj）
图：[美]伊丽莎·惠勒（Eliza Wheeler）
译　者：韩　颖
出 品 人：赵红仕
出版监制：刘　凯　马春华
选题策划：联合低音
责任编辑：李秀芬
装帧设计：聯合書莊

北京联合出版公司出版
（北京市西城区德外大街83号楼9层　100088）
北京联合天畅文化传播公司发行
北京华联印刷有限公司印刷　新华书店经销
字数10千字　787毫米×1092毫米　1/12　$3\frac{1}{3}$印张
2021年7月第1版　2021年7月第1次印刷
ISBN 978-7-5596-4668-2
定价：45.00元

版权所有，侵权必究
未经许可，不得以任何方式复制或抄袭本书部分或全部内容
本书若有质量问题，请与本公司图书销售中心联系调换。电话：(010) 64258472-800

关注联合低音

献给我宽容的创作团队。——瓦尔沙·巴贾杰

献给我慈爱又自豪的妈妈。——伊丽莎·惠勒

这是宝贝，

皮肤皱皱的、灰灰的。

这个宝贝

今天刚刚出生。

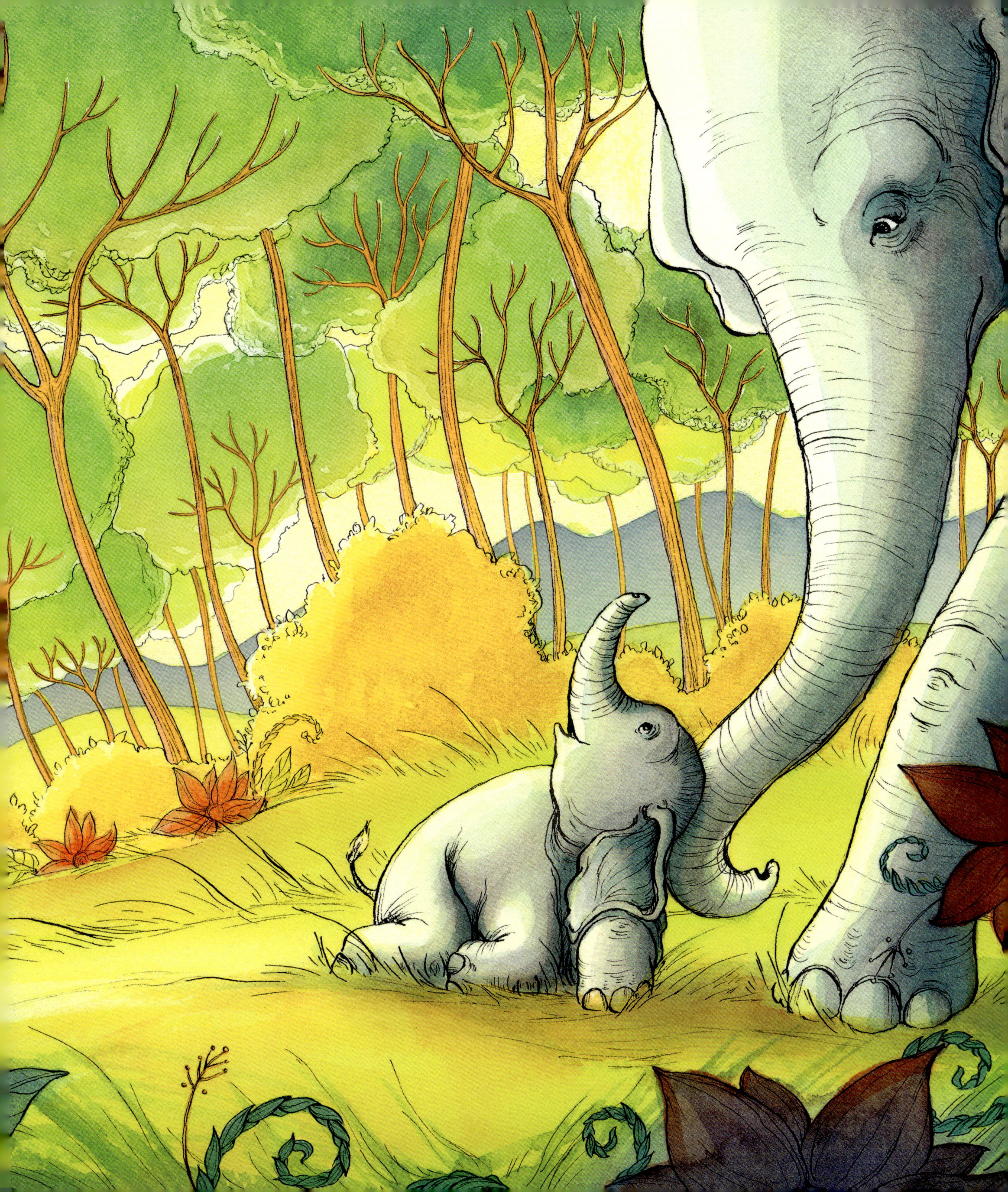

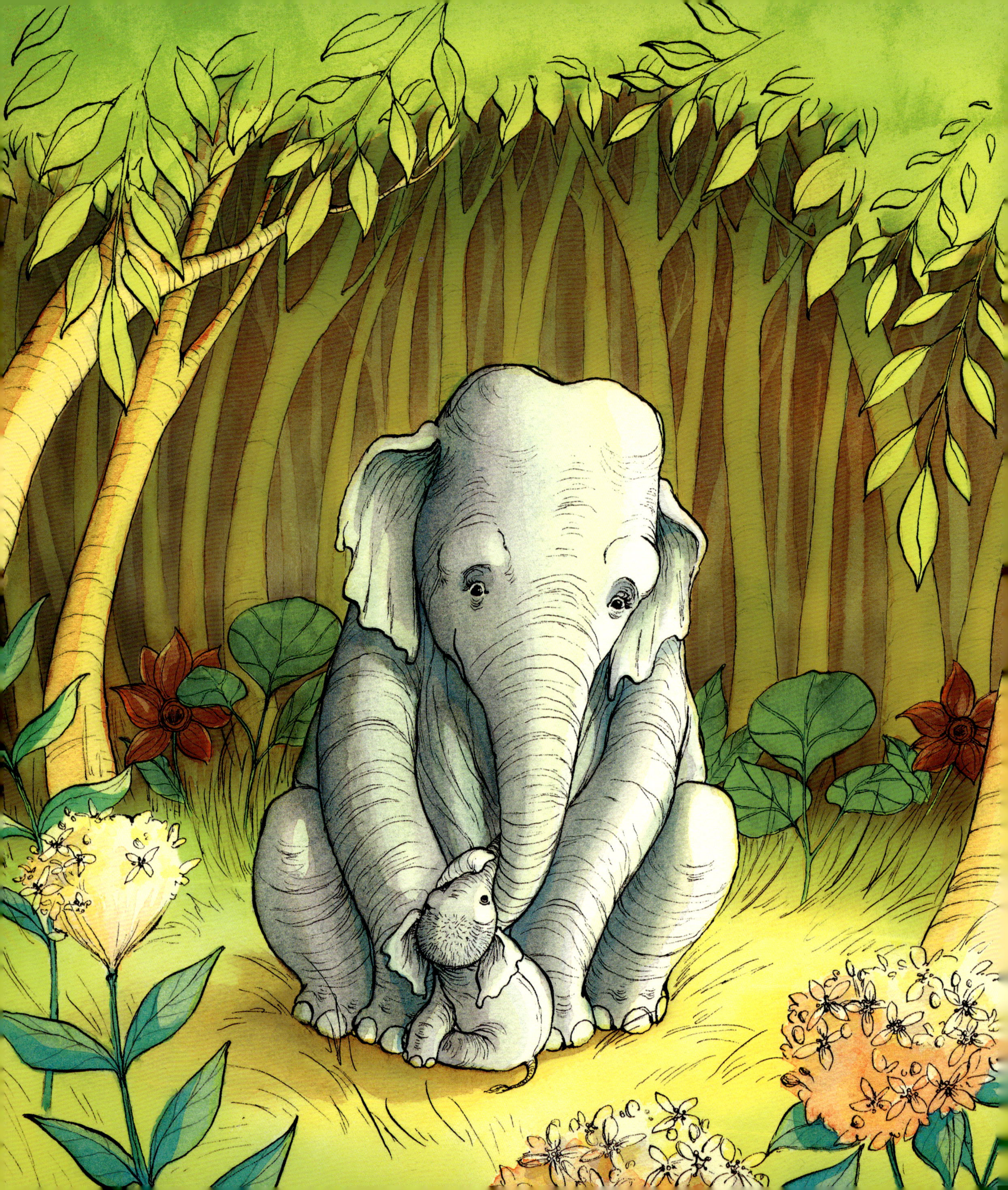

这是妈妈,

慈爱又自豪,

今天,

生下了这个宝贝。

阿姨们来了,
眼睛里满是关爱,
　簇拥着
刚刚出生的宝贝。

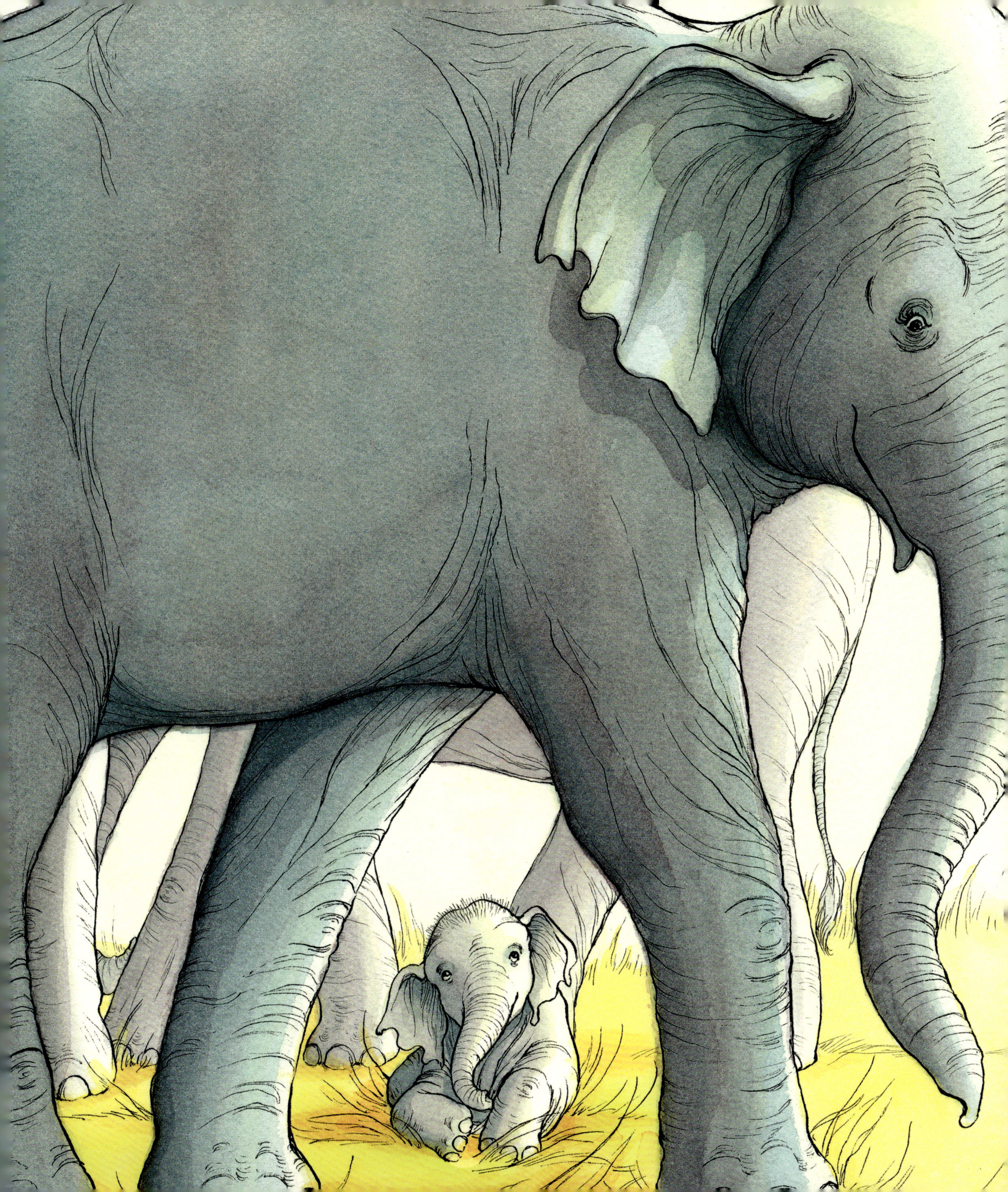

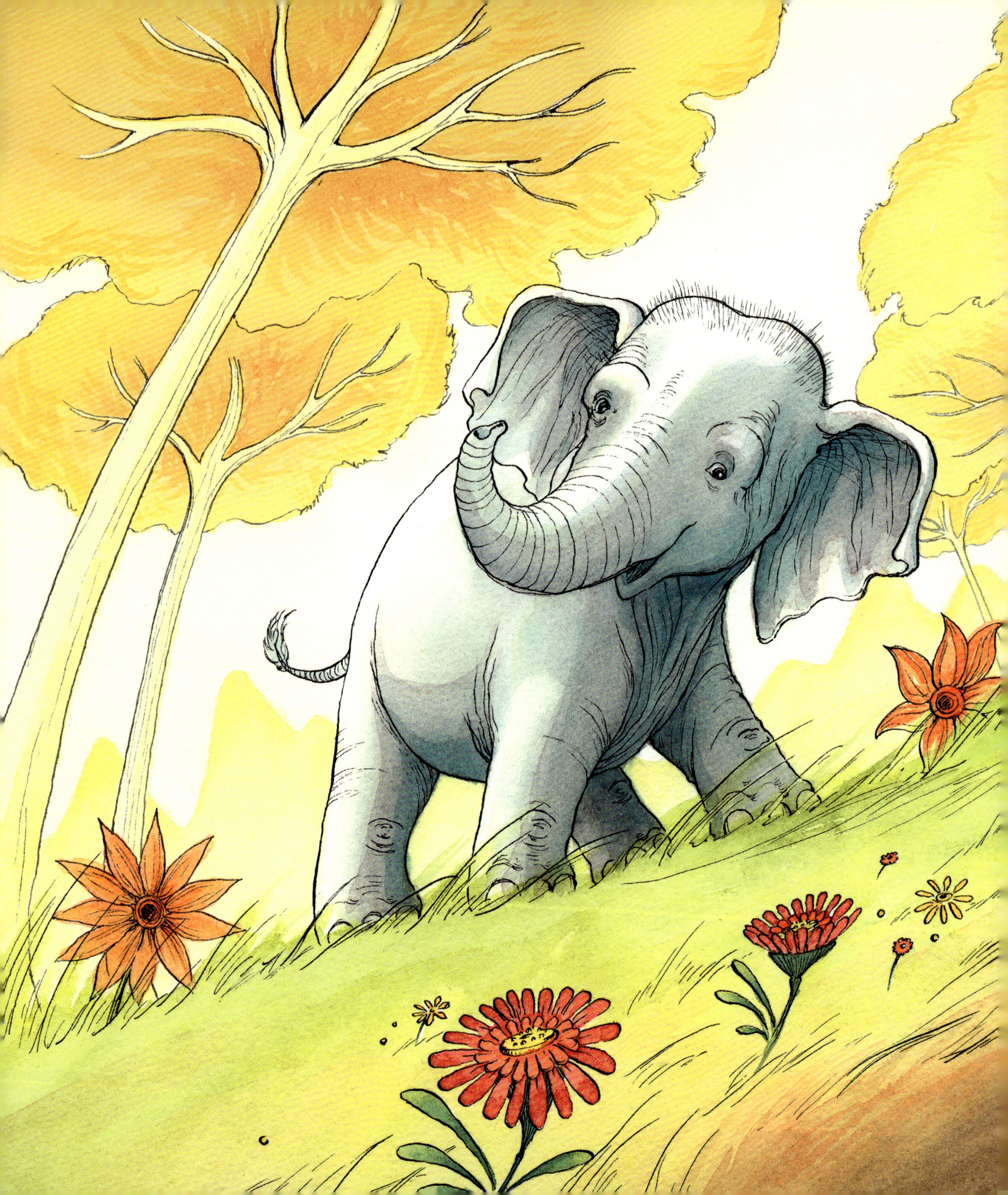

大地敞开胸怀，

　肥沃又结实，

　　支撑着

　刚刚出生的宝贝。

姐姐们来了,

温柔又热切,

依偎着

刚刚出生的宝贝。

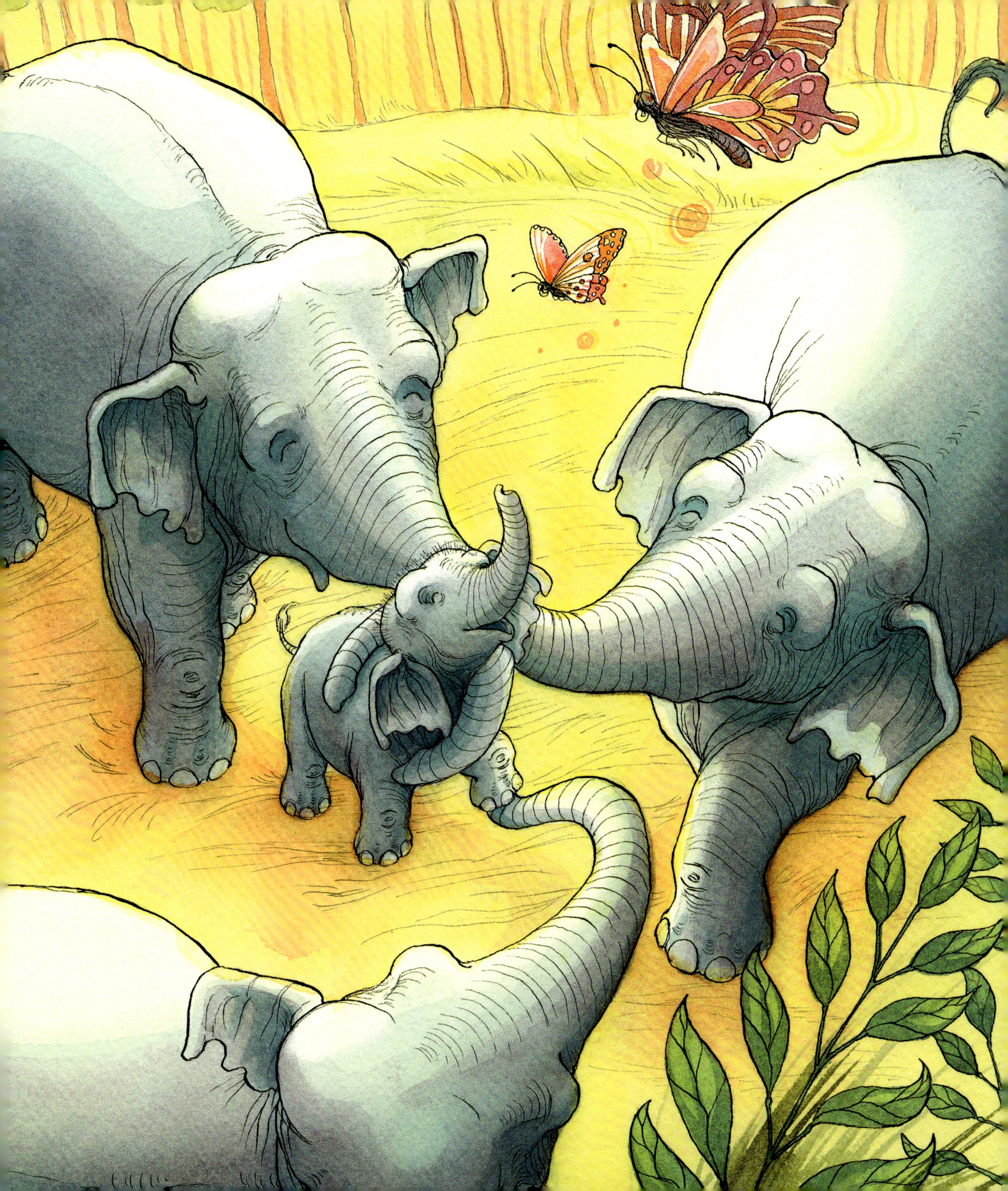

象群围拢过来，

　　团结又强壮，

一齐发出响亮的叫声，
欢迎刚刚出生的宝贝。

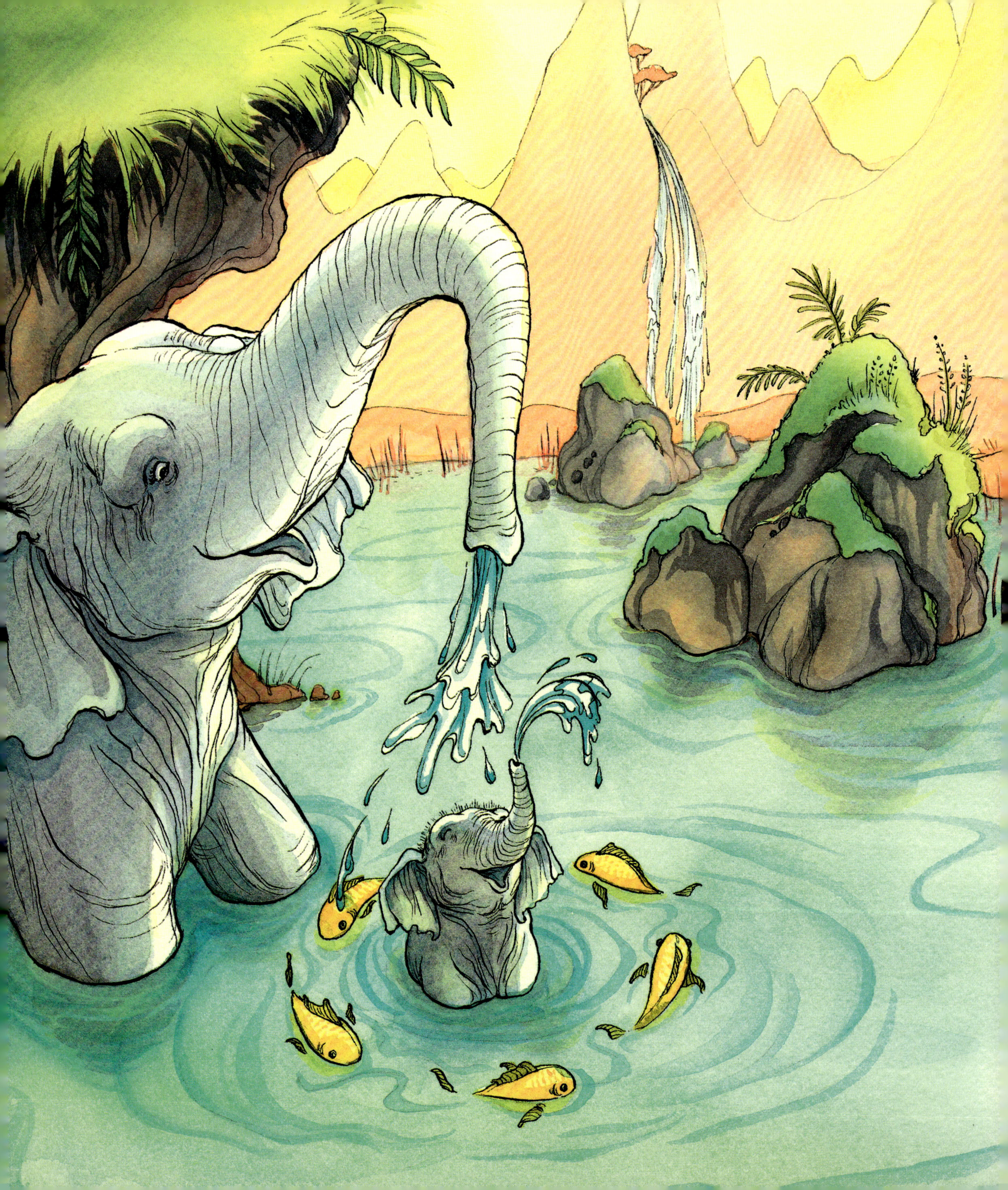

清澈的湖水，

深沉而平静，

温柔地清洗着

刚刚出生的宝贝。

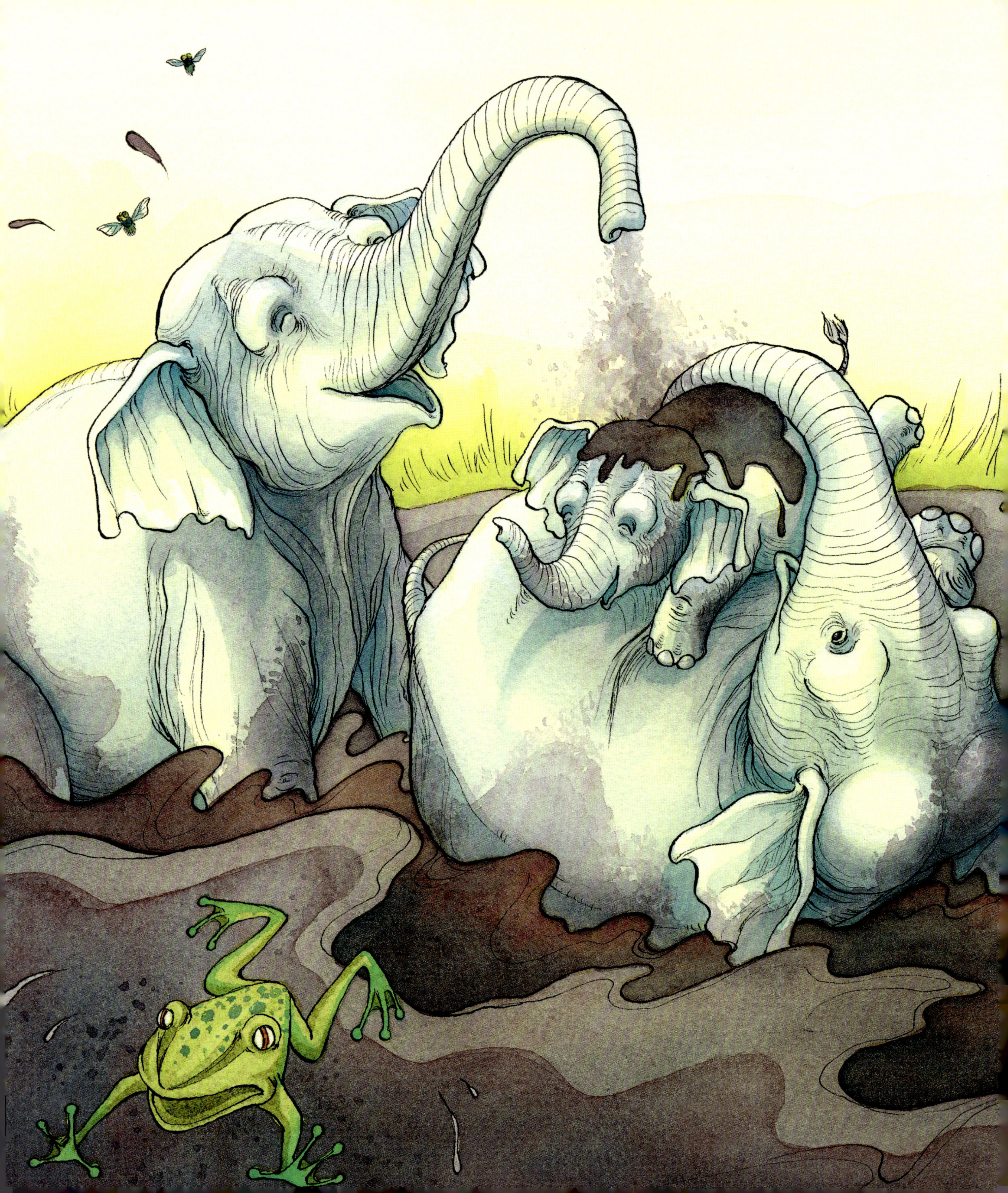

表兄表姐们来了,
聪明又敏捷,
准备用泥浆
裹满刚刚出生的宝贝。

还有这棵榕树,

古老又纯净,

支撑出一片阴凉,

庇护着刚刚出生的宝贝。

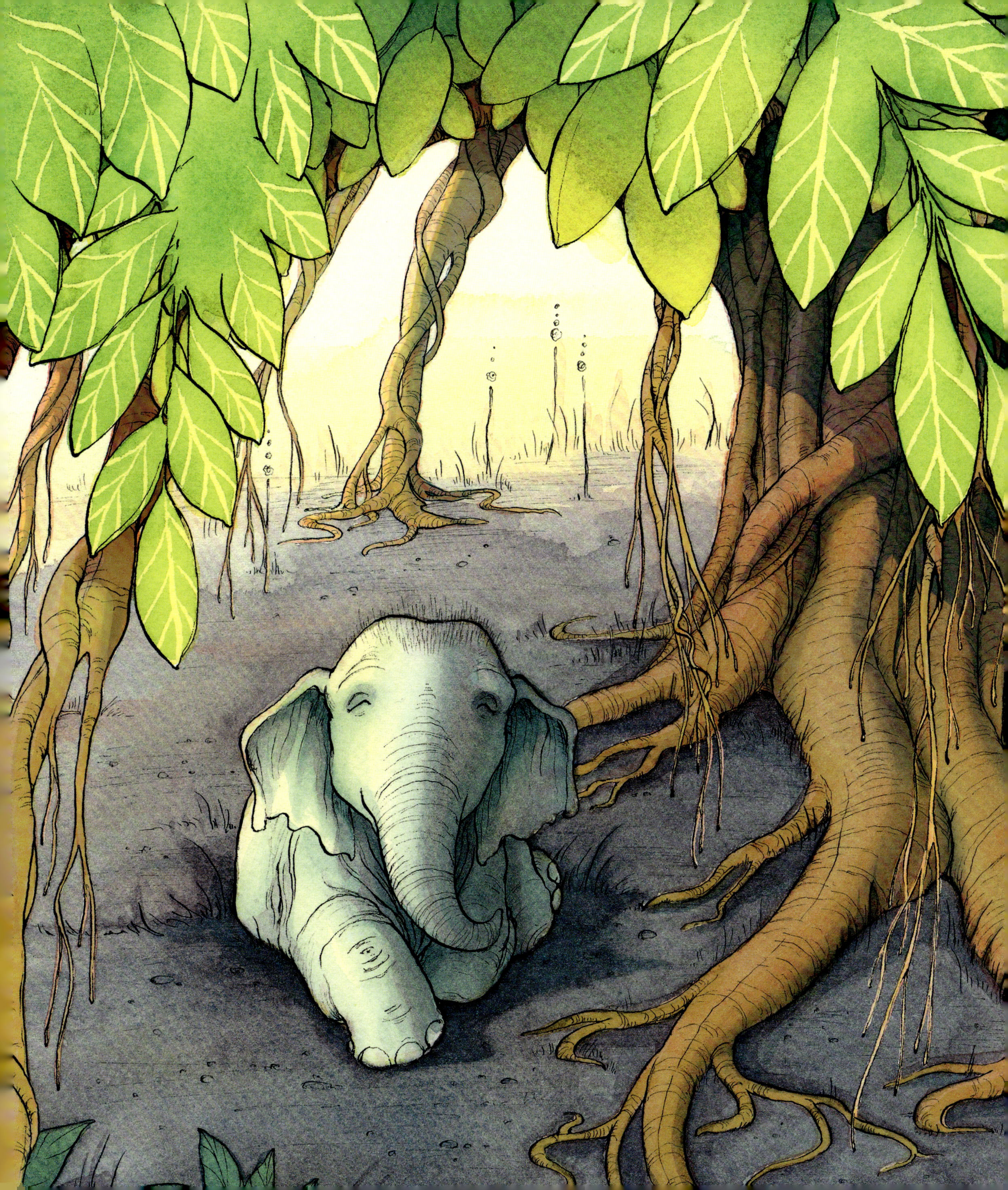

邻居们来了,
摇摇荡荡,热闹非常,

大声地招呼着
刚刚出生的宝贝。

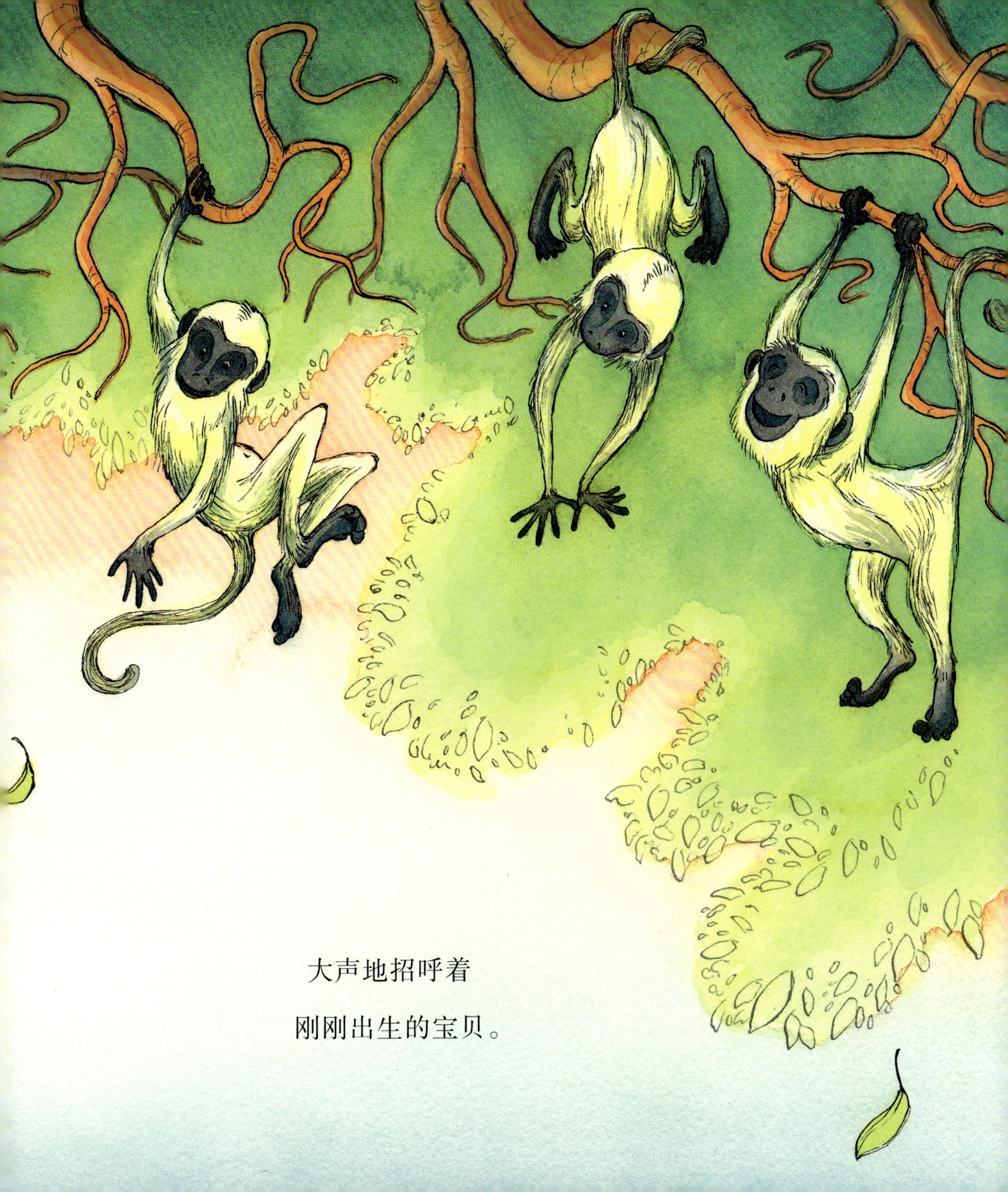

朋友们来了，
热情又真诚，
跳起绚丽的舞蹈，
送给刚刚出生的宝贝。

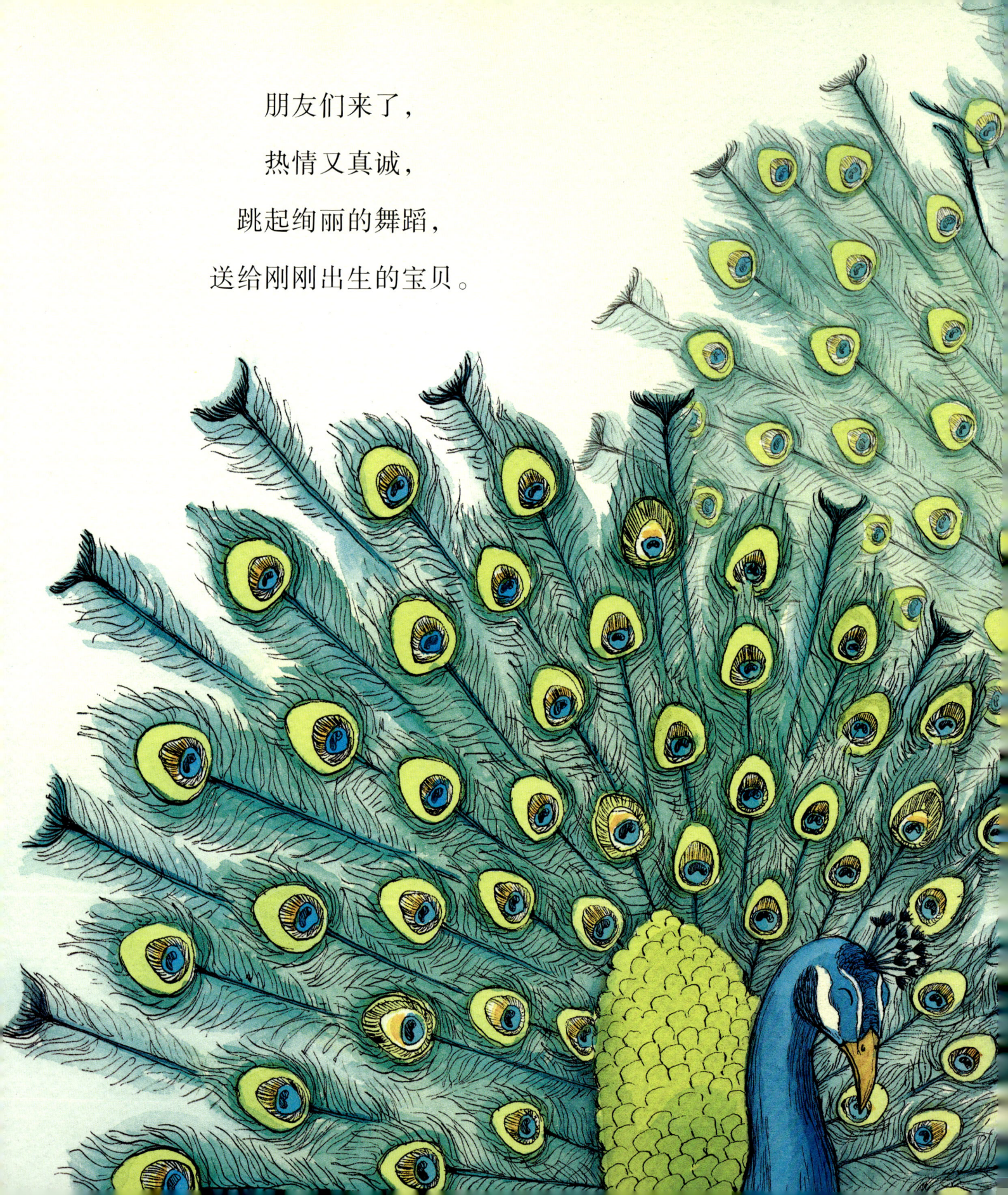

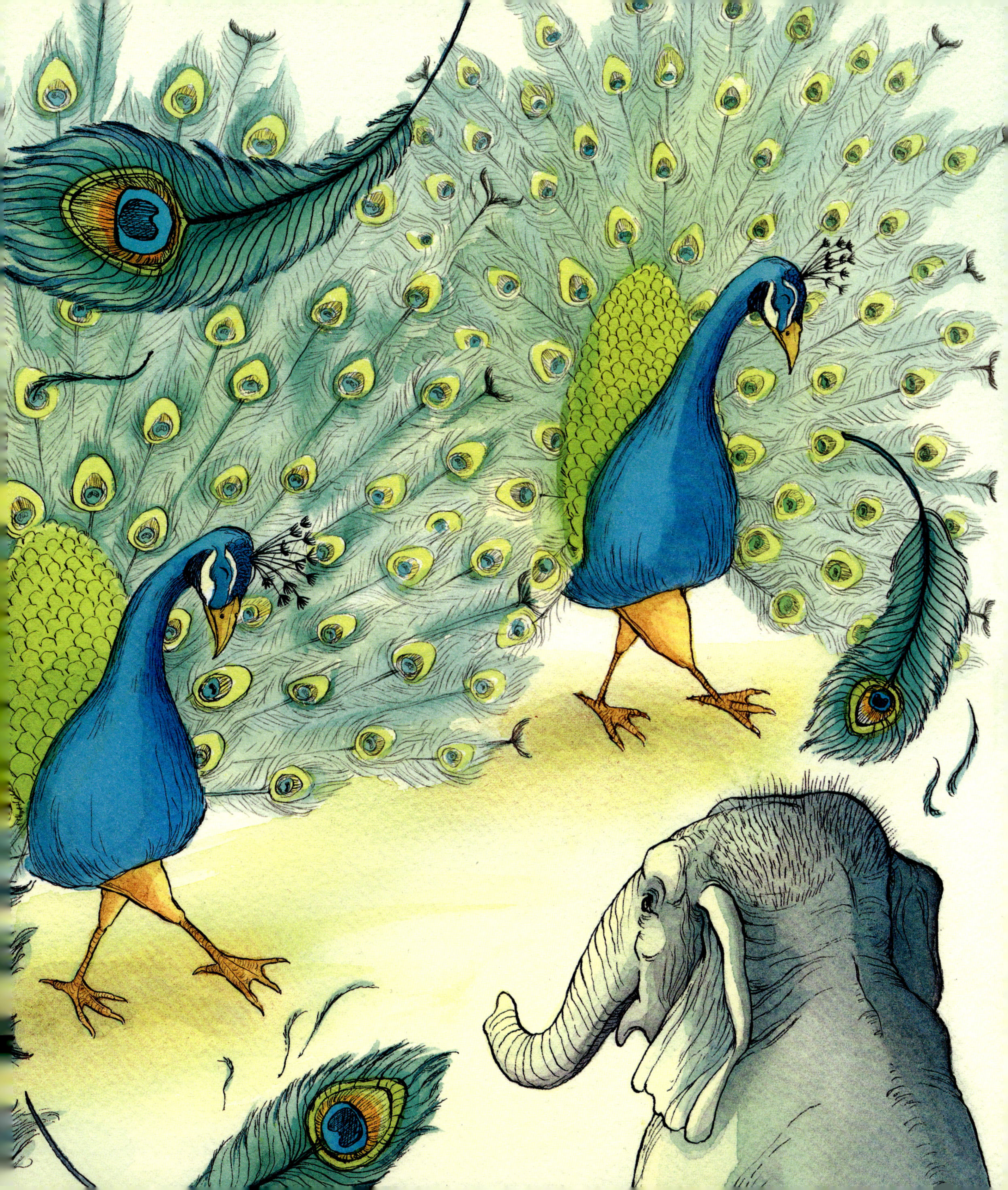

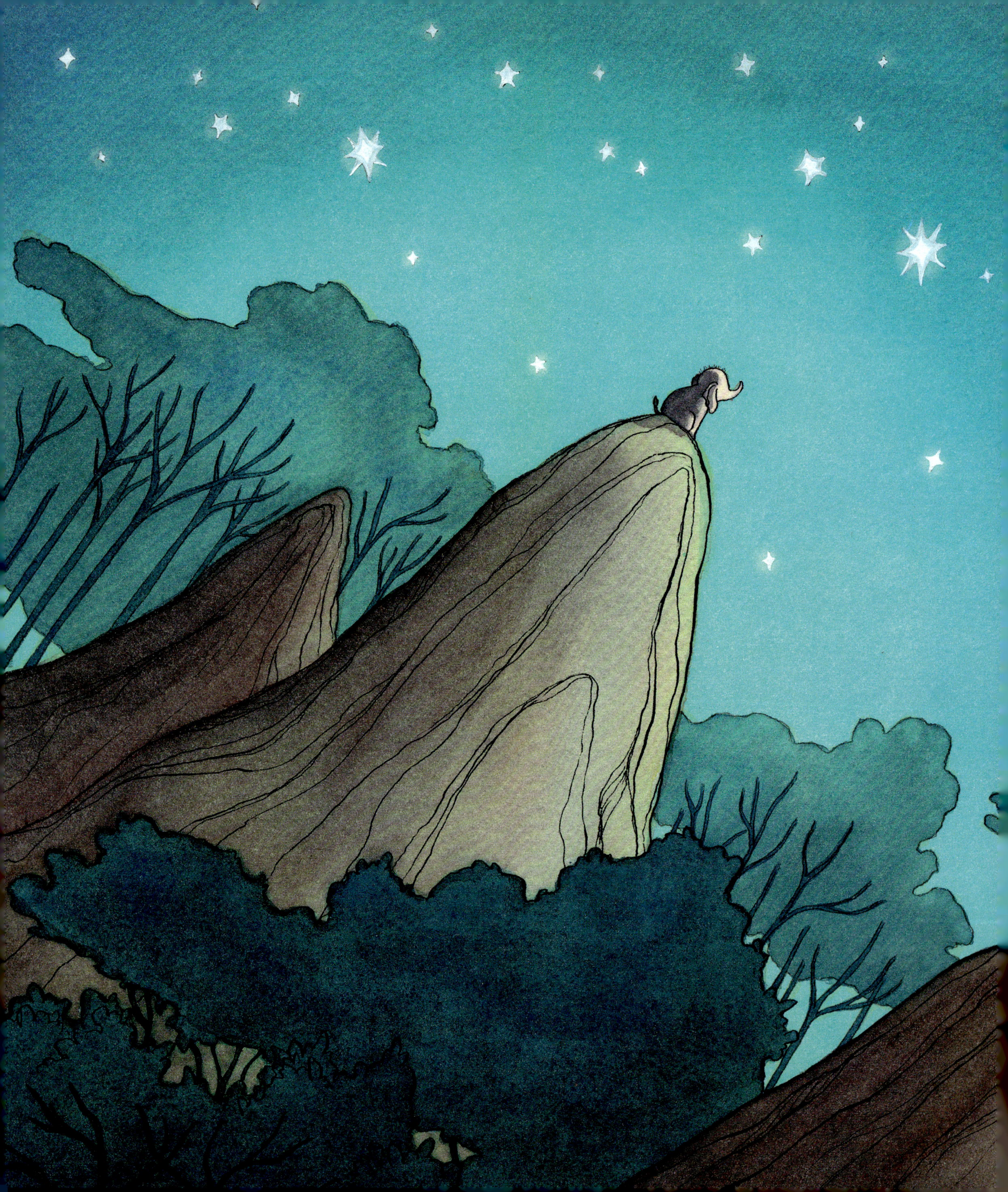

星星们出来了，
远远地眨着眼睛，
祝福着
刚刚出生的宝贝。

月亮出来了,
圆圆的脸上神采奕奕,

微笑地注视着

刚刚出生的宝贝。

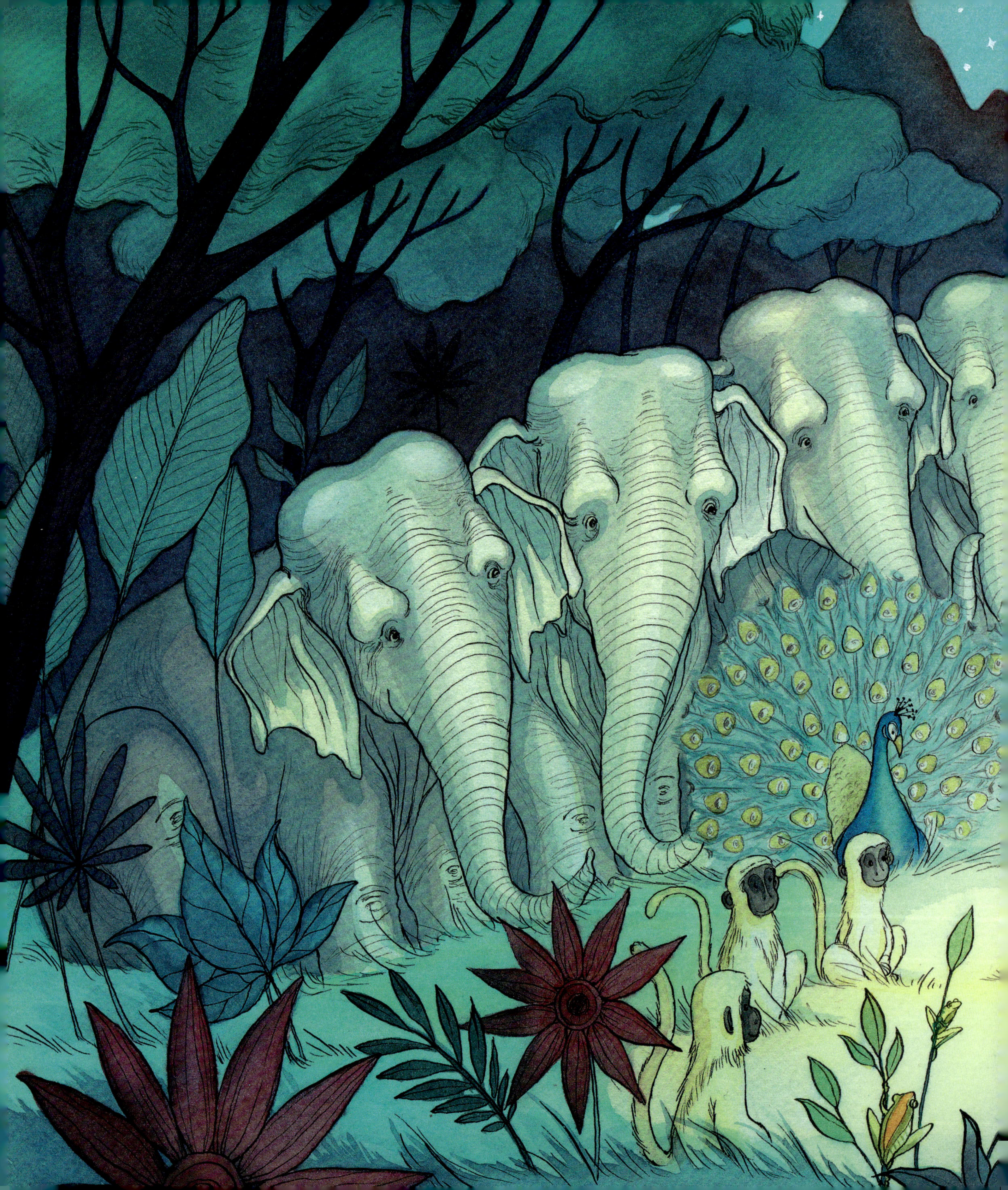

这就是那个宝贝,
皮肤皱皱的、灰灰的。

今天,它温暖了全世界的心。

写给小读者

1930年,我父亲的祖母,也就是我的曾祖母,买来一个用黑木雕刻的大象工艺品,放在孟买的老宅里。自古以来,大象在印度都被视为智慧和力量的象征。曾祖母希望这头大象能够将兴旺和幸福带给她的新家。

小时候,我一直相信这头大象会护佑我。它象牙上扬,步伐坚定。我童年创作故事和绘制图画时,常常把它作为英勇的主人公。

后来,老宅被拆了,只留在我的记忆中,那头大象却一直跟着我们到处奔波。后来,我移居美国,它则留在印度继续陪伴我的家人。

但是它并没有离开我,突然有一天,它从容地走进我的文字,将我的故事和祖先们再次联系在一起。

在曾祖母的那个年代,地球上生活着大约20万头亚洲象和300~500万头非洲象。时至今日,它们的数量锐减。据自然资源保护者调查,亚洲幸存的大象已经不足4万头,在非洲生活的大象不足50万头。偷猎象牙的行为和栖息地的丧失导致大象濒临灭绝。

这种温和的庞然大物需要我们的帮助。让我们欣喜地迎接并保护出生在地球上的每一头大象吧!

瓦尔沙·巴贾杰